LEKTÜREHILFE

Mars-Chroniken

Ray Bradbury

LEKTÜRE HILFE

Mars-Chroniken

Ray Bradbury

Verfasst von Michel Dyer
Übersetzt von Gerda Fischer

DER QUERLESER

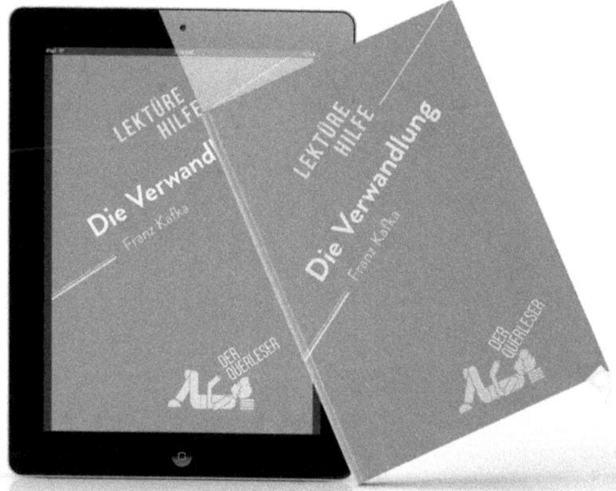

Auf derQuerleser.de findest Du:
Zahlreiche verständliche und
detaillierte Lektürehilfen in
Nullkommanichts in digitaler
Version oder als Taschenbuch.

RAY BRADBURY

AMERIKANISCHER SCHRIFTSTELLER

* **Geboren 1920 in Waukegan, Illinois (Vereinigte Staaten)**

* **Gestorben 2012 in Los Angeles (Vereinigte Staaten)**

* **Einige seiner Werke:**

  ○ *L'Homme illustré* (1951), Sammlung von Kurzgeschichten

  ○ *Fahrenheit 451* (1953), Roman

  ○ *Theater für morgen… und danach* (1972), Theaterstück

Der produktive Autor Ray Bradbury veröffentlichte bereits mit 18 Jahren kurze Science-Fiction-Texte, die in Fanzines veröffentlicht wurden (unabhängige Veröffentlichungen, die oft von begeisterten Amateuren erstellt wurden und für andere Enthusiasten bestimmt waren – daher das Portmanteau von Fan und Magazin The first erschien in den USA in den 1930er Jahren und widmeten sich der Science-Fiction). Beeinflusst von Robert Heinlein (amerikanischer Schriftsteller, 1907–1988), dem „Doyen der amerikanischen Science-Fiction" und Meister der Kurzgeschichte, war er in den 1950er Jahren neben Isaac Asimov (russisch-amerikanischer Schriftsteller, 1920–1992) der bedeutendste. Figur des Genres.

Seine einnehmenden und melancholischen Texte kontrastierten mit den Haupttendenzen der Science-Fiction seiner Zeit, Sensationslust und Komödie. Internationale Bekanntheit erlangte er mit *Fahrenheit 451*, der bis heute neben George Orwells *1984* (britischer Schriftsteller, 1903-1950) zu den bekanntesten Science-Fiction-Romanen der Welt zählt. Obwohl seine Karriere ab den 1960er Jahren ins Stocken geriet, ist es wichtig anzumerken, dass er einer der wenigen Schriftsteller in diesem Genre war, der sich auch ins Theater und sogar in die Poesie wagte.

MARS-CHRONIKEN

EIN GRÜNDERKLASSIKER DER SCIENCE FICTION

- **Genre:** *Fix-up* (eine Sammlung von Kurzgeschichten, die so angeordnet sind, dass sie zusammen gelesen werden können, ähnlich wie ein Roman)

- **Bezugsausgabe:** *Chroniques martiennes*, Übersetzung aus dem Amerikanischen von Jacques Chambon und Henri Robillot, Paris, Denoël, 2001, 318 S.

- **1re Auflage:** 1946 (erste Änderung), 1950 (erste vollständige Auflage, erneuert 1977)

- **Thematisch:** Antizipation, Raumfahrt, Krieg, Kolonialismus, Aliens

Die Marschroniken bestehen aus etwa 30 Kurzgeschichten (die Anzahl variiert je nach Ausgabe; es gibt 28 in der Denoël-Ausgabe) von sehr unterschiedlicher Länge, wobei die kürzeste etwas mehr als eine Seite und die längste mehr als dreißig Seiten lang ist. Diese Ungleichheit kann durch die Entstehung des Buches selbst erklärt werden, das eine *Reparatur* ist; h. die Entstehung eines Romans aus einer Reihe von Kurzgeschichten mit ähnlichen Themen.

Daher wurden die längeren Kurzgeschichten ursprünglich alle in einer Zeitschrift veröffentlicht und dann überarbeitet, um sie in die Gesamtökonomie des

Romans einzufügen, während die kürzeren später geschrieben wurden, um die Kurzgeschichten zusammenzufügen und Kohärenz zu schaffen. Der Erfolg von *The Mars Chronicles*, in dem es darum geht, wie die Menschheit innerhalb eines halben Jahrzehnts den Mars besiedelt und verlassen hat, führte 1997 zu einer anderen Neuauflage: Die Handlung des Romans, die ursprünglich zwischen 1999 und 2026 spielt, wurde um 31 Jahre verlängert die Zukunft verschoben, um das sogenannte "Future-Now-Past-Problem" zu vermeiden, was zu einigen chronologischen Annäherungen führte.

ZUSAMMENFASSUNG

Die Mars-Chroniken sind in drei große Teile gegliedert, die sich chronologisch unterteilen lassen, da jede Kurzgeschichte mit einem Datum in der Form „Monat + Jahr" beginnt. Von Januar 2030 (bzw. 1999 in der Originalfassung – wir verweisen zur Konsistenz auf die Daten der überarbeiteten Ausgabe) bis August 2032 scheitern menschliche Expeditionen zum Mars: Eroberung ist unmöglich. Von August 2032 bis November 2036 wird der Mars terraformiert und unaufhaltsam kolonisiert. Schließlich wird von November 2036 bis Oktober 2057 die Menschheit durch Krieg ausgelöscht und der fast menschenleere Mars als neuer Garten Eden errichtet.

Die ersten beiden Bewegungen sind daher überraschend abrupt: Alle sechs Monate scheitert eine neue Marsexpedition, und dann breitet sich der Mensch in weniger als fünf Jahren über den gesamten Planeten aus; der letzte Satz hingegen umfasst eine Ellipse von mehr als zwanzig Jahren. Das Ganze ist eigentlich kein Roman im eigentlichen Sinne, sondern eher eine Art Chronik. Denn jedes Kapitel bzw. jede Kurzgeschichte ist autark, in sich abgeschlossen, bedarf keiner Fortsetzung und führt Charaktere ein, die (bis auf wenige Ausnahmen) nicht wiederverwendet werden. Es gibt also kein Erzählschema in The Martian Chronicles, aber es gibt einen sicheren historischen Sinn – das

Rückgängigmachen der angenommenen Fiktionalität des Romans verleiht dem Fix-up größere Konsistenz.

The Martian Chronicles beginnt mit einer erstaunlichen Kurzgeschichte, der ersten in einer Reihe von gescheiterten ersten Kontakten zwischen menschlichen Entdeckern und Marsianern, wobei der erste vom zweiten dreimal getötet wird.

„Ylla ist die Chronik eines Paares: Wir schreiben das Jahr 2030, und Yll K. und Ylla K. sind ein mehr oder weniger glücklich verheiratetes Paar – Ray Bradbury gibt uns einen Einblick in die Untreue des Mannes aus der misstrauischen und naiven Perspektive der Ehefrau. die kupferfarbene Haut, Augen wie Goldmünzen und die zarte musikalische Stimme echter Marsmenschen" (Seite 22). Die Kurzgeschichte verwendet eine Science-Fiction-Technik, die aber sehr effektiv ist: die Umkehrung des Blickwinkels. Die Marsmenschen hier sind die Normale Kreaturen mit ihrem vertrauten Alltag, und die Menschen stellen die Eindringlinge dar. Diese Kurzgeschichte ist eine der wenigen im Roman, in der Marsianer die Hauptfiguren sind, wirkt sich aber aktiv auf die folgenden Kapitel aus: Der Leser ergreift Partei Mit den Marsianern, die im Recht als subtile Wesen dargestellt werden, während Menschen als schamlose Eindringlinge agieren, kommt auch ein spielerischer Aspekt hinzu: Der Leser errät selbst, wie er die Expedition scheitern lassen wird und wird Zeuge der Ermordung der Menschen durch die Marsmenschen.

Übrigens scheinen die ersten acht Kurzgeschichten ein Muster festzulegen: Wie der Mensch, sobald er auf dem Mars angekommen ist, sein Kolonisationsversuch scheitert. Gleich zu Beginn fällt dem Leser der Unterschied in der Tonalität auf: "The Men from Earth" behandelt das Schicksal der Zweiten Expedition auf komische Weise (sie gelten als verrückt, da die Marsmenschen das Bild telepathisch zeigten). ihres Wahnsinns, in diesem Fall die menschliche Form, aufzwingen kann); das der Dritten in "The Third Expedition" wechselt zwischen Melancholie und Entsetzen (die Expeditionsmitglieder werden im Schlaf von Marsmenschen getötet, die sich als ihre verstorbenen Verwandten ausgeben).

Doch plötzlich zieht Ray Bradbury die Marsianer aus der Gleichung heraus: Sie sterben alle oder fast alle und hinterlassen ihren Planeten leer. Der Roman nimmt nun eine ganz andere Wendung und die Kurzgeschichten werden viel heterogener. Dies sind keine Variationen mehr über das Thema des Mannes, der vom Marsmenschen verraten und getötet wird. Wir treffen einen Priester, der versucht, das Christentum wieder an außerirdisches Leben anzupassen, eine Frau, die bereit ist, all ihre irdischen Annehmlichkeiten aufzugeben, um zu ihrem Ehemann zu gelangen, der ihr das Wort „Liebe" über den interstellaren Raum, aber auch die letzten Lebensformen zuflüstert auf dem Mars, die die Menschen erneut mit ihrer Einsamkeit und Traurigkeit konfrontieren.

Bradbury nutzt den Mars als riesiges Sci-Fi-Labor, um sich mit Fragen der Rasse (erstaunliche Kurzgeschichte, in der alle Schwarzen aus dem tiefen, segregierten

Amerika in das Eldorado des Mars ziehen), der Frage der Trauer oder sogar der Frage der Zensur zu befassen - a Vorwegnahme des Horror-Genres von Fahrenheit 451-Thema in diesem Genre. Er zeichnet ein breites Bild der Auswirkungen, die eine Massenmigration zum Mars hätte, und fragt sich, was einen Menschen dazu bewegen könnte, so weit weg von zu Hause zu reisen - Geldgier, ein stiller Rückzug, Angst vor Krieg, Langeweile?

In den neuesten Nachrichten wird ein plötzlicher Themenwechsel eingeführt - als der Krieg auf der Erde schlimmer wird, beschließen die Kolonisten einstimmig, auf ihren Planeten *zurückzukehren*. Diese Entscheidung, die dem Leser nicht sofort logisch erscheint, wird besonders gut von Bradbury wiedergegeben, der sich in der gesamten Geschichte bemüht, die Tatsache zu betonen, dass sich Menschen auf dem Mars möglicherweise nie zu Hause fühlen. Die Sehnsucht nach der Erde würde immer unüberwindbar sein, und schließlich würde sie nichts auf dem roten Planeten erwarten. Es ist besser, zu Hause zu sterben, als auf einem anderen Planeten zu leben, nachdem die eigene Spezies ausgestorben ist. Übrigens sind die letzten Menschen auf dem Mars die Vergessenen, die Zurückgebliebenen, die sich nicht entschieden haben, allein zu bleiben und die diese schreckliche Verlassenheit nicht unbeschadet überstehen und von der Einsamkeit in den Wahnsinn getrieben werden.

Dennoch stellt die allerletzte Kurzgeschichte eine Familie vor, bestehend aus den beiden Elternteilen und drei kleinen Söhnen, denen gerade noch die Flucht von der Erde zum Mars gelungen ist. Was den Kindern als

„Urlaub" präsentiert wird, entpuppt sich als letzte Chance für die Menschheit, die bald auf der Erde aussterben wird. Der Mars wandelt sich vom neuen Eldorado zum neuen Garten Eden.

LES MARTIENS

Das ist natürlich eine der Kuriositäten eines Science-Fiction-Romans, der auf dem Mars spielt, eines der Kriterien, nach denen der Leser das Buch beurteilt: Wie hat sich der Autor die Marsmenschen vorgestellt, ihnen eine Form gegeben, sie vereinzelt? Die Marschroniken bieten naturgemäß eine Vielzahl von Antworten und letztlich fast ebenso viele Visionen des typischen Marsmenschen wie des individualisierten Marsmenschen, mit Unterschieden von Kurzgeschichte zu Kurzgeschichte. Dennoch lassen sich ein paar Merkmale erkennen, die sich immer wieder wiederholen: kupferfarbene Haut, goldene Augen, eine Art Gesichtsmaske und der Einsatz von Telepathie. Doch auch diese immer wiederkehrenden Besonderheiten lassen sich unterlaufen: In der Kurzgeschichte "Night Meeting" begegnet die Hauptfigur Tomás dem Geist eines Marsianers (sofern nicht umgekehrt…), der „seine eigene Sprache" spricht. Bei ihren ersten Gesprächen "verstanden sie sich nicht" (Seite 135), und der Marsianer muss Tomás am Kopf berühren, um sofort seine Sprache zu lernen. Obwohl hier ein telepathisches Element im Spiel ist, fällt die Diskrepanz zu einer ähnlichen Begegnung zwischen Captain Williams und der Marsianerin Mrs. Ttt ganz am Anfang der Kurzgeschichte The Men of Earth auf: „Wie kommt es, dass Sie so perfekt unser sind Sprache sprechen? – Ich spreche nicht, glaube ich. Telepathie!"

Der Leser ist etwas verwirrt: Hat der Marsianer eine Sprache oder nicht? Bradbury porträtiert ihn oft als ein Wesen, das allein durch seine Gedanken die Sinne der Menschen um ihn herum verändern kann, bis zu dem Punkt, an dem er das undefinierbare, sich für immer verändernde Wesen in der Kurzgeschichte „Der Marsianer" ist, das jeder Mensch als den Geliebten ansieht eine, die er sehen möchte. Manchmal aber ist der Marsianer ein menschenähnliches Wesen, wie in der Kurzgeschichte „Ylla", wo das Marsianerpaar dem typischen New Yorker Paar der Mitte des 20. Jahrhunderts in jeder Hinsicht gleicht. Übrigens gibt es auch andere Marsrassen, wie die leuchtenden Orbs, die in Gefahr Menschenleben retten und als weiterentwickelte Wesen in der Kurzgeschichte "Fire Balloons" vorgestellt werden. Wie man sieht, versucht Bradbury nicht, einen typischen Marsianer zu erschaffen, der von Kurzgeschichte zu Kurzgeschichte immer wiederkehrt, sondern zeichnet ein mythologisches Porträt von ihm, schmiedet ein legendäres Wesen mit verschwommenen Konturen, immer mysteriös, schwer fassbar und für Menschen unverständlich.

MÄNNER

In den allermeisten Fällen treten die menschlichen Charaktere nur als Teil einer Kurzgeschichte auf. Einige von ihnen tauchen jedoch immer wieder auf oder werden zumindest in einer anderen Kurzgeschichte erwähnt. Dazu gehören Captain Wilder, Jeffspender, Hathaway und Sam Parkhill, alle Mitglieder der Vierten Expedition, die in der Kurzgeschichte "...and the Moon That Shines" vorgestellt werden, dem eigentlichen Nexus des Romans. Andere, wie William Stendhal (in der Kurzgeschichte „Usher II") oder Father Peregrine (in der Kurzgeschichte "The Fire Balloons") sind einfach auffälliger.

KAPITÄN WILDER

Er ist der Protagonist der Kurzgeschichte "...and the moon that shines" und der Kapitän der vierten Expedition, die den Mars ohne seine Bewohner vorfindet, dezimiert durch Krankheiten, die von den vorherigen Expeditionen eingeschleppt wurden. Er ist ein sensibler, aber entschlossener Charakter, der Spender zum Wohle der Forschungsmission erschießt, obwohl er dessen Ideen nicht grundsätzlich widerspricht. 25 Jahre und 200 Seiten später begegnen wir ihm in der Kurzgeschichte „Die langen Jahre" wieder: Nach der Rückkehr von erfolglosen Expeditionen zu Jupiter, Saturn und Pluto findet er den Planeten wieder leer vor, weil Menschen zum Sterben auf die Erde zurückgekehrt sind. Er trifft auf einen der letzten Überlebenden, Hathaway, ein Mitglied der Vierten Expedition, der in seinen Armen stirbt. Auch hier zeigt er viel Verständnis für das Vorgehen seines ehemaligen Offiziers.

JEFF SPENDER

Als Mitglied der Vierten Expedition unterscheidet er sich von den anderen durch seine grenzenlose Bewunderung für den Mars und die Marsianer: Er verzweifelt vor einer verlassenen Stadt. Gut gebildet und sensibel (er zitiert ein Gedicht von Lord Byron, einem britischen Dichter aus dem 19. Jahrhundert), ist er auch misanthropisch, was es leicht macht, ihn als Alter Ego des Autors zu sehen. Nachdem er auf einer spirituellen Suche verschwunden ist, beschließt er, die Marsianer zu rächen und diejenigen zu töten, die ihre Welt entweihen – z. B. seine ehemaligen Forschungsmitarbeiter. Er plant, alle zukünftigen Abenteurer zu fangen und zu töten, und setzt dabei unwissentlich das Muster der ersten Kurzgeschichten fort: Die Menschen kommen, die Marsmenschen töten sie. Als er jedoch alleine gegen alle vorgeht, wird er trotz ihrer Freundschaft schließlich von seinem Kapitän Wilder getötet. Seine Philosophie, die Wilder zu verteidigen verspricht, geht jedoch verloren, als sich herausstellt, dass Wilder aus politischen Gründen vom Mars entfernt wurde.

HATHAWAY

Als Arzt und Geologe der Vierten Expedition ist er es, der den Tod aller Marsmenschen durch Windpocken erklärt. Er wird zur zentralen Figur in der Kurzgeschichte "The Long Years". Fast zwanzig Jahre isoliert überlebte er seine Familie, die durch die Krankheit dezimiert wurde (tragische Ironie?). Um seine Einsamkeit zu überwinden, hat er Androiden gebaut, die ihnen in jeder Hinsicht ähneln, aber er hat es nicht geschafft, sie altern zu lassen. Als er stirbt, beschließt Captain Wilder, die Androiden nicht zu deaktivieren, um ihnen ein eigenes Leben zu ermöglichen.

SAM-PARKHILL

Ein weiteres Mitglied der Vierten Expedition, das gegenüber Spendern sehr rachsüchtig ist. Spander denkt, er hat alle Schwächen des Amerikaners. In der Kurzgeschichte "Dead Season" ist er der Empfänger der Mars-Eigentumsurkunde, die ihm der letzte Marsianer überreicht hat. Nicht erkennend, dass diese Eigentumsurkunde ein traurig ironisches Geschenk ist, da die Marsmenschen wissen, dass die Erde dem Untergang geweiht ist, springt Parkhill vor Freude auf und stellt sich das Vermögen vor, das er anhäufen könnte, indem er Hot-Dog-Stände aufstellt, wobei er traurig die Worte des Spenders wiederholt („Wenn wir nicht gesetzt hätten Hot-Dog-Verkäufer mitten im Tempel von Karnak aufzubauen, weil es nicht genügend lukrative Aussichten bot", S. 96). Wie alle seine Charaktere verurteilt Bradbury ihn jedoch nicht vollständig, und Parkhill schließt sich den anderen an, um zur Erde zurückzukehren, als die Bedrohung durch das Ende der Menschheit greifbar wird.

WILLIAM STENDHAL

Er ist ein wohlhabender Literaturliebhaber, der auf den Mars geflohen ist, um der grassierenden Zensur der

Erde, der „Namenssteuer", zu entkommen. h. die Zensur des Vokabulars, um es von umstrittenen Wörtern wie „Politik" oder „Flucht" zu säubern. Da er jedoch weiß, dass ihm die Zensur zum Mars folgen würde, plant er seine Rache, indem er das Haus Usher aus der gleichnamigen Kurzgeschichte von Edgar Allan Poe (amerikanischer Schriftsteller, 1809-1849) nachbauen lässt. Mit Hilfe des genialen Mechanikers Pikes baut er Killermaschinen und eine Hausbombe, um die Elite der „Gesellschaft zur Unterdrückung des Imaginären" zu dezimieren. Bradbury erwähnt das Thema zuerst, das er in seinem Meisterwerk *Fahrenheit 451* in einem weitaus melancholischeren und pessimistischeren Ton wieder aufgreifen wird.

VATER WANDLER

Er ist ein Pastor, der begierig darauf ist, zum Mars zu reisen, um neue Formen der Sünde zu entdecken, „Sins on Another World" (S. 146). Als unkonventioneller und sogar exzentrischer Kirchenmann dargestellt und von seinen Kollegen befragt, wendet er sich von den Siedlern ab, um sich um die Seelen der Marsianer zu kümmern, obwohl ihm gesagt wird, dass sie am Rande des Aussterbens stehen. Schließlich entdeckt er welche: Wesen in Form von „Feuerballons", die Menschen in Notsituationen retten. Zusammen mit seinen Gefährten baut er ihnen eine Kirche mit einem ballonförmigen Christus. Die Marsianer kehren jedoch zu ihm zurück, um ihm zu sagen, dass sie ihren materiellen Zustand überwunden und sich von der Sünde befreit haben.

Pater Peregrine ist eine komplexe Figur, durch die Bradbury Religion und Mystik kritisiert, während er bestimmte Tugenden anerkennt. Der Figur wird besonders ihr unerschütterlicher Glaube und ihre Fähigkeit zu glauben zugeschrieben, die der des Science-Fiction-Liebhabers sehr ähnlich sind.

SCHLÜSSEL EINLESEN

SCIENCE FICTION ALS GANZES LITERARISCHES GENRE

Als the *Chronicles of Mars* 1950 veröffentlicht wurde, befand sich die US-Science-Fiction in einem kommerziellen goldenen Zeitalter und Fanzines blühten auf. Die ersten Meisterwerke des Genres standen jedoch noch ziemlich isoliert und ihre Autoren stammten nicht aus den USA: The best of all worlds (1931) von Aldous Huxley (britischer Schriftsteller, 1894-1963), *The World of Ā* (1945) von A.E. van Vogt (kanadischer Schriftsteller, 1912-2000) oder *1984* (1948) von George Orwell. In diesem Sinne ist das Jahr 1950 ein wichtiges Datum in der Geschichte der Science-Fiction: das Jahr, in dem Isaac Asimovs "Robots" und Ray Bradburys "Chronicles of Mars" veröffentlicht wurden, bemerkenswert für ihre *fixierte* Form und ihren erdenden Charakter, Science-Fiction zu machen, zu unterscheiden. In einem bereits stark kodifizierten, aber noch nicht als solches anerkannten Universum (beachten Sie beispielsweise, dass die Romane von Orwell und Huxley dem Etikett "Science Fiction" trotzen und auch heute noch häufig in Sammlungen allgemeiner Literatur veröffentlicht werden), spielt Asimov und Bradbury Foundation, die eine ganze Generation von Schriftstellern beeinflusst hat.

Wie jeder Science-Fiction-Leser muss der Leser der *Marschroniken* enzyklopädische Anpassungen vornehmen;

h. er muss im Text nach Hinweisen suchen, die es ihm ermöglichen, ein funktionierendes System für die vom Autor vorgestellte fiktive Welt zu konstruieren. Für den Leser von heute, mehr noch als für den Leser von 1950, nimmt diese Adaption die Form eines retrospektiven Spiels an, das sich in den generischen Architekturstil der Science-Fiction einfügt: Jeder Leser liest mit den Bildern, die mit dem Mars und der Besiedlung des Verbundenen verbunden sind zum Roten Planeten und die ihm bereits begegnet sind, von H.G. Wells' *War of the Worlds* (1898) (amerikanischer Schriftsteller, 1866-1946) bis zu Tim Burtons (amerikanischer Regisseur, geb. 1958) Film *Mars Attacks!* (1996).

Es geht darum, den Text zu verwenden, um nach und nach eine bestimmte Vision von Mars und Bradburys imaginierter Zukunft zu rekonstruieren, die einen herrlich altmodischen Beigeschmack hat. Antizipation und Raumfahrt sind daher zwei der Subgenres der Science-Fiction, die sich am besten für die enzyklopädische Arbeit des Lesers eignen. Eine der Besonderheiten der *Marschroniken*, wie wir an der Koexistenz unterschiedlicher, sogar widersprüchlicher Daten über die Marsianer gesehen haben, besteht darin, dass sie diese im Entstehen begriffene Enzyklopädie immer wieder bis ins Mark erschüttern.

DER ARCHITEXT

Dieses literarische Konzept wurde von Gérard Genette (französischer Literaturkritiker, 1930-2018) vorgeschlagen. Architextualität ist eine der fünf Formen der

Transtextualität, die er in seinem Werk Palimpsestes (1982) beschreibt, neben Intertextualität (das Vorhandensein eines Textes in einem anderen, insbesondere durch Zitate), Paratextualität (alles, was sich um den Text herum befindet, wie z), Metatextualität (wenn ein Text einen anderen kommentiert) und Hypertextualität (wenn ein Text einen anderen parodiert oder kopiert). Architextualität ist das Verhältnis eines Textes zu seiner Gattung und seinen Konventionen, d. h. alles, was es erlaubt, als Teil einer literarischen Gattung wahrgenommen zu werden – in diesem Fall würde die bloße Tatsache, dass die Handlung auf dem Mars spielt, ausreichen, um The Mars Chronicles zu einem Science-Fiction-Werk zu machen.

Ein grundlegend neuer Aspekt der Science-Fiction in The *Chronicles of Mars* ist die Vermischung von Genres: Manierismen, Horrorgeschichten, Gesellschaftsbroschüren, Kurzgeschichten … Aber selbst innerhalb dieser Vermischung von Genres gibt es eine Vermischung von Science-Fiction-Subgenres: Raumfahrt und die Begegnung mit einer außerirdischen Intelligenz, natürlich, aber auch mit Robotern und Dystopie; Ray Bradbury berührt alles, unterstützt durch die Form der Reparatur selbst. Da die verschiedenen Kurzgeschichten ursprünglich voneinander unabhängig waren, sind sie durch keine Ton-, Themen- oder Genreeinheit verbunden. Wenn die Handlung nicht in den 2030er Jahren auf dem Mars spielen würde, hätten die Texte nicht viel mit der Idee des Genres zu tun.

Dabei wird jedoch übersehen, dass Science Fiction in erster Linie ein außergewöhnliches Erzählmittel ist, mehr noch als ein kontextuelles. Durch die Einführung einer „Was-wäre-wenn"-Situation öffnet der Autor die Türen des Möglichen weit. So wird in den Kurzgeschichten „Der Marsianer" und „Die langen Jahre" Trauer in typischer Science-Fiction-Manier behandelt – die Autorin leitet einen Paradigmenwechsel ein (wenn es eine Lebensform gäbe, die einen Verstorbenen perfekt machen oder gar zu perfekt machen könnte nachahmen) und fragt dann nach den Konsequenzen und wirft so ein neues Licht auf das Thema.

Ist es besser, allein mit der Erinnerung an den geliebten Menschen zu leben, oder mit einem Ersatz, von dem Sie wissen, dass er ein Schein ist, dessen Illusion aber so perfekt ist, dass Sie ihn am liebsten vergessen würden? Auf den ersten Blick mag der Leser diese abstrakte Frage ohne erkennbaren Realitätsbezug abtun, da er davon unberührt ist und wohl auch nie sein wird.

Die literarische Gültigkeit des Verfahrens scheint jedoch unbestreitbar, und es aus einem neuen, wenn auch theoretischen Blickwinkel zu hinterfragen, führt zu Ergebnissen. Zum Beispiel reflektiert Bradbury die eheliche Liebe am besten, indem er die Frage der Familienzusammenführung über das Vorstellbare hinaus extrapoliert – gibt es einen grundlegenden Unterschied zwischen einer Frau, die das Haus der Familie verlässt, um mit ihrem Ehemann zu leben, und derselben Frau, die ihren Heimatplaneten verlässt? Schließlich ist Science-Fiction ein leicht zu entfernendes Erzählmittel – man könnte die *Mars-Chroniken* zeitlich und räumlich verschieben – etwa nach Amerika zu Beginn des 19. Jahrhunderts...

EINE SCHARFE NEUINTERPRETATION DER KOLONIALISIERUNG AMERIKAS

Ray Bradbury macht daraus kein Geheimnis und macht es an mehreren Stellen sogar deutlich: Die *Mars Chronicles* erzählen nicht, wie der Mensch zum Mars kam, sondern wie die Amerikaner zum Mars kamen:

> „Die Raketen waren Amerikaner, die Männer waren Amerikaner, und das blieb so, während Europa, Asien, Südamerika, Australien und die Inseln zusahen, wie die römischen Kerzen ohne sie weitermarschierten. [...] Die zweiten Auswanderer waren wieder Amerikaner" (Seite 143).

In allen Kurzgeschichten gibt es einen Vergleich zwischen der Marswelt und den weiten Ebenen Amerikas, zwischen den Marsianern und den Indianern, zwischen den Siedlern von der Erde und denen, die kamen, um ihre europäische Lebensweise auf dem amerikanischen Kontinent zu etablieren. Der Begriff „Neue Welt" wird hier von Bradbury buchstäblich neu belebt.

Die Kurzgeschichte "...and the Shining Moon" ist in diesem Sinne eine der bemerkenswertesten *Chroniken*. Es geht um den Entdeckerspender, der von der Schönheit des Mars und seinen verlassenen Städten begeistert ist und beschließt, alle anderen Entdecker zu töten, um den Planeten für immer vor der Verwüstung der Menschheit, insbesondere der Amerikaner, zu retten.

> "Als ich ein Kind war, nahmen mich meine Eltern mit nach
> Mexiko-Stadt. Ich werde mich immer daran erinnern, wie mein
> Vater gehandelt hat – laut, prahlerisch. Und meine Mutter mochte
> die Bewohner nicht, weil sie schwarz waren […] und ich sehe aus
> hier, wie mein Vater und meine Mutter auf dem Mars landen und
> sich genauso verhalten" (Seite 109).

Der Vorwurf ist vernichtend, ohne Halbheiten und lässt
sich leicht mit anderen Kritikpunkten verknüpfen, z.B.
B. mit der subtileren Kritik am *American Way of Life*, parodiert in der Beschreibung des Mars-Paares in der
Kurzgeschichte „Ylla", oder mit der ironischeren Kritik
an der bürokratischen Kultur, die Edgars Bücher aus
Angst vor dem unbekannten Allan Poe zensiert verbie-
tet, ohne sie jemals gelesen zu haben (in der
Kurzgeschichte "Usher II").

In derselben Kurzgeschichte "… And the Moon That
Shines" erklärt Bradbury auch seine Ansichten zum
Thema Mars durch die Figur Cheroke:

> „Ich habe Cherokee-Blut in meinen Adern. Mein Großvater hat mir
> alle möglichen Dinge über Oklahoma und Indianerländer erzählt.
> Wenn es in der Gegend einen Marsmenschen gibt, bin ich voll auf
> seiner Seite" (Seite 103).

Bradbury zögert nicht, die Grundlagen der amerikanischen Nation und damit die nationale Identität seiner
Kernleserschaft zu kritisieren, indem er das Thema
Völkermord aufwirft. Marsianer sind an Windpocken
gestorben, die von früheren Entdeckern unschuldig eingeschleppt wurden, und sind fast von der Oberfläche
ihres Planeten verschwunden, was den Weg für die
Masseneinwanderung von Einwanderern geebnet hat,
die mit Heuschrecken verglichen werden. Letztendlich

beschreibt der Roman eine echte Transposition von Amerika zum Mars, ohne Anpassungen:

> „In vielerlei Hinsicht hätte man denken können, dass ein mächtiges Erdbeben eine Stadt in Iowa entwurzelt hätte und dass ein Hurrikan von den Ausmaßen des Landes Oz sie im Handumdrehen unverändert zum Mars tragen und dort ohne einen Ruck absetzen würde" (Seite 170)..

Der Mars wird aber auch in der Kurzgeschichte "Up in the Sky" als mögliche Lösung für die Probleme der Menschen auf der Erde, insbesondere das Problem der Rassentrennung, betrachtet. Diese Kurzgeschichte, die sich um die Figur des Eisenwarenhändlers Sam Teece und seine unverschämte Sprache dreht („dieser idiotischer Nigger", Seite 188, oder „töte diesen Hurensohn", Seite 202), wird aus der Geschichte erzählt Perspektive eines rassistischen Weißen auf den Aufbruch von Schwarzen aus dem Süden der Vereinigten Staaten zum Mars.

Die Ironie der Kurzgeschichte liegt natürlich in der Verzweiflung des weißen Mannes, der nicht anders kann, als sowohl Neid als auch Groll auf dieses Exil zu empfinden – seiner Meinung nach sollte die schwarze Bevölkerung nicht ohne seine Erlaubnis gehen dürfen, und der Mars sollte es Versprich mir, dass Männer wie er bleiben.

Teeces erbärmliches Verhalten, das zu jeder Schikane bereit ist, um die Abreise zu verhindern (sogar unter Berufung auf 50 Dollar Schulden und einen Vertrag, der in einem Monat ausläuft), veranschaulicht Amerikas ambivalente Haltung gegenüber Schwarzen um die

Wende der 1950er Jahre - obwohl sie sie brutal behandeln, können sie nicht darauf verzichten Sie. Auch hier ist Bradburys Rede klar und bissig. Hier dient der Mars nicht mehr als Spiegel, um die unerträgliche koloniale Haltung der Amerikaner zu beleuchten, sondern spiegelt den ungesunden Zustand ihrer Gesellschaft zum Zeitpunkt des Erscheinens des Romans wider. Der historische Vorwurf schlägt in Gesellschaftskritik um.

Bradburys Beziehung zu Amerika ist jedoch nicht nur negativ, und der Roman spricht auch von einer echten Melancholie der Heimat. Dies entfaltet sich in der Kurzgeschichte "The Third Expedition", als Forscher auf dem Mars Mitte des 20. Jahrhunderts überraschend in einem Weiler in Illinois ankommen und dort alle ihre vermissten Verwandten finden. Letztlich aber liegt die tiefe Melancholie des Romans in seiner Auflösung – wenn diese massigen Amerikaner, die den Mars nur hässlich gemacht haben, lieber auf die Erde zurückkehren würden, um mit ihren Mitmenschen zu sterben, als ohne sie weiterzuleben, und damit am Ende einer ist so tief wie unerwartet beweist die Menschheit.

EIN PAZIFISTISCHER UND HUMANISTISCHER ROMAN

The Mars Chronicles präsentiert eine pessimistische, fast fatalistische Zukunftsvision – die nach dem Zweiten Weltkrieg veröffentlichten Kurzgeschichten erinnern vage an die endlosen Kriege auf hier Erde und den Ausbruch eines totalen, endgültigen Krieges im November 2036, der die Erde zerstören würde Planet am

20. Mai 2036 gingen Marssterne in Flammen auf: „Australischer Kontinent atomisiert. Los Angeles, London bombardiert. Krieg" (Seite 267).

Dem Mars kommt dabei eine doppelte symbolische Rolle zu: einerseits die Möglichkeit der Flucht und des Neuanfangs und andererseits das Beispiel einer erfolgreichen Gesellschaft. Die erste Möglichkeit scheint zunächst zunichte gemacht zu werden, als die erst kürzlich angekommenen Siedler beschließen, zur Erde zurückzukehren und sich der bedrohten Menschheit anzuschließen, wird aber schließlich in der abschließenden Kurzgeschichte „Das Picknick in einer Million Jahren" vollständig aktiviert, als einer Familie die Flucht von der Erde gelingt zum Mars in der Hoffnung, eine neue Menschheit zu gründen und ihr eine zweite Chance zu geben. Dies ist ein echter Sci-Fi-Topos, der durch die Abfolge von Kurzgeschichten in Gang gesetzt wird, die subtil betonen, wie eine gescheiterte Kolonialisierung eine Verschwendung der Möglichkeiten ist, die der Planet bietet.

Interessanter ist Bradburys Bereitschaft, in sporadischen Splittern die Marsgesellschaft als Modell zu erwähnen – zunächst im Gegensatz zum amerikanischen Kolonisten, aber schließlich (wieder) als ein Ziel, das die neue Menschheit erreichen soll, in einer wundersamen Bewegung, die das Letzte der Erde bringen wird Überlebende des ersten Marsmenschen macht:

> "– Ich wollte schon immer einesn Marsianer sehen", sagte Michael. Wo bist du, Papa? Du hast es versprochen. – Da sind sie", sagte Dad. Er hob Michael auf seine Schulter und zeigte mit dem Finger

> nach unten. Die Marsianer waren da. Timothy fing an zu zittern. Die Marsianer waren da - im Kanal - im Wasser gespiegelt. Timothy, Michael, Robert , Papa und Mama. Die Marsianer trafen ihre Blicke für einen langen, langen Moment der Stille in den Wellen des Wassers ... ". (Seite 318, Excipit des Romans).

Diese letzten Zeilen konkretisieren eine Spannung, die sich durch alle Kurzgeschichten zieht, zwischen dem Menschen, der in seiner Beziehung zur Welt scheitert, und dem Marsianer, der das Gleichgewicht mit seiner Umwelt erreicht hat - mit anderen Worten, zwischen dem wirklichen Menschen und dem Menschen, wie er sollte Sei hinter Bradbury her, dem echten Mann, der liebenswert, verabscheuungswürdig und voller Fehler ist, und dem idealen Mann, der unmöglich ist.

„Sie wussten, wie man Kunst mit Leben verbindet. Für Amerikaner war es immer etwas Besonderes. Etwas, das man in das Schlafzimmer im Obergeschoss verbannt, das Zimmer des Familienidioten. Sonntags eine Dosis nehmen, vielleicht mit einem kleinen Schuss Religion. Mit den Marsianern alles existiert nebeneinander, Kunst, Religion und der Rest" (Seite 109), sagt Spender. „Einst waren wir Menschen, die einen Körper, Beine und Arme wie du hatten. Der Legende nach entdeckte einer von uns, ein guter Mann, einen Weg, die menschliche Seele und Intelligenz zu befreien, uns von körperlichen Übeln und Melancholie, von Tod und Veränderung , sich von schlechter Laune und Senilität zu befreien" (Seite 167) erklären die Feuerballons, die Pater Peregrine von der Sünde befreien will. Bradbury vertritt also eine andere Sicht auf die Welt, auf die Menschen - er kritisiert nicht nur, sondern schlägt eine Alternative vor.

Diese humanistische Malerei der Marsmenschen und der wenigen Menschen, die sie verstehen, Ray Bradbury erstreckt sich auf den Planeten, auf die Schönheit der Landschaften und menschenleeren Städte, die mit Zurückhaltung und Poesie beschrieben werden und den Leser der Fantasie überlassen. Der Autor verwendet auch ein ökologisches Wort, das seiner Zeit weit voraus ist, indem er Fabrikerde und einen üppig fruchtbaren Mars gegenüberstellt. Spender's Speech („Wir Erdlinge haben die Gabe, schöne Dinge zu beschädigen", S. 96, oder "Reicht es ihnen nicht, einen Planeten zerstört zu haben? Müssen sie auch noch die Futtertröge anderer verschmutzen? (S. 110: „Arme Leute, hirnlose Luftballons") sollte daher im Zusammenhang mit der Kurzgeschichte „Der grüne Morgen" gelesen werden, in der Tausende von Bäumen über Nacht wachsen, „genährt von einem seltsamen, magischen Boden" (Seite 128). Während der einzelne Mensch Das Sein kann Gutes tun, die Menschheit als Spezies ist nur Gift für ihre Umwelt, wie die Figur des Sam Parkhill in der Kurzgeschichte "Morte-Saison", ein Archetyp des egozentrischen Egoisten, der um sich herum nur Möglichkeiten sieht, seine eigene zu verbessern Lage.

STOFFE ZUM DENKEN

EINIGE FRAGEN, UM IHRE ÜBERLEGUNG ZU VERTIEFERN…

- Der Text scheint frei von jeglicher wissenschaftlicher Argumentation über die Machbarkeit einer Raumfahrt zum Mars und die Möglichkeit außerirdischen Lebens zu sein. Welche ästhetische Wirkung entsteht dadurch?

- Die Kurzgeschichten wurden ursprünglich zwischen 1999 und 2026 veröffentlicht. In der Ausgabe von 1997 wurden die Daten mehr als 30 Jahre in die Zukunft verschoben. Warum ist das so? Glaubt der Leser 1950 wie heute tatsächlich, dass die Zukunft des Romans eine mögliche Zukunft ist?

- Bradbury fährt gerne eine harte Linie – gegen Rassismus, Zensur, Religion oder Sexismus. Welche Kurzgeschichten halten Sie für besonders geeignet, sich mit solchen Themen auseinanderzusetzen?

- Können Sie leicht zwischen den separat veröffentlichten Originalkurzgeschichten und den eigens für den Roman geschriebenen Texten unterscheiden? Wie?

- Bradbury ruft in seinem Vorwort aus: „Sagen Sie mir nicht, was ich tue; ich will es nicht wissen!" Wie kann dieses Zitat Ihre Lektüre des Romans begleiten?

- An mehreren Stellen in den *Marschroniken* kann sich der Leser mit mörderischen Gestalten identifizieren. Welche sind sie? Durch welche Effekte erreicht Bradbury dies?

- Während die meisten Kurzgeschichten ein ordentliches Ende haben, scheinen einige nach einer Fortsetzung zu verlangen, die nie oder nur kurz gesagt wird. Welche Kurzgeschichte würdest du gerne fortsetzen? Vorstellen.

- Wenn Bradbury über die *Marschroniken* spricht, sagt er, dass es keine Science-Fiction sei, sondern vergleicht seinen Text eher mit griechischen Mythen. was meint er damit

- Ihre Meinung ist uns wichtig! Hinterlassen Sie einen Kommentar auf der Website Ihrer Online-Buchhandlung und teilen Sie Ihre Favoriten in sozialen Netzwerken!

WEITER GEHEN

REFERENZAUSGABE

Chroniques martiennes, Übersetzung aus dem Amerikanischen von Jacques Chambon und Henri Robillot, Paris, Denoël, 2001, 318 p.

REFERENZSTUDIEN

SAINT-GELAIS, R., *L'Empire du pseudo*, Québec, Les Éditions Nota bene, 1999, S. 400.

MEHR QUELLEN

BRADBURY, R., *Fahrenheit 451*, Übersetzung aus dem Amerikanischen von Jacques Chambon und Henri Robillot, Paris, Denoël, 1995, 288 p.

ASIMOV, I., *Stiftung*, Übersetzung aus dem Amerikanischen von Jean Rosenthal, Paris, Denoël, 1966, 251 p.

ANPASSUNGEN

1966 wurde der Roman vom Regisseur Louis Pauwels, ua mit Jean-Louis Barrault, für das Theater adaptiert.

1974 wurde die Adaption von Louis Pauwels in einen französischen Fernsehfilm unter der Regie von Renée Kammerscheit umgesetzt.

1980 wurde der Roman als dreiteiliger Fernsehfilm unter der Regie von Michael Anderson nach einem Drehbuch von Richard Matheson (ein großer Name in der amerikanischen Science-Fiction, berühmt für *I Am a Legend*, 1954 und *The Man Who Shrinks*) veröffentlicht, 1956). Rock Hudson wurde als Hauptdarsteller gedreht.

Eine große Anzahl von Kurzgeschichten wurde separat für Fernsehen oder Kurzfilme sowie für andere Medien wie Filme produziert. B. Comics, adaptiert.

Deine Meinung ist uns wichtig!
Hinterlasse doch einen Kommentar auf der Seite
unserer Online-Buchhandlung
und teile Deine Favoriten in den sozialen Netzwerken!

derQuerleser.de
Literatur auf den Punkt gebracht!

ISBN digitale Ausgabe: 9782808686952
ISBN gedruckte Ausgabe: 9782808698351
Pflichtexemplar: D/2023/12603/1115

Cover: © Plurilingua
Logo: © Graphicrepublic (Freepik.com) und Plurilingua

Digitale Aufbereitung: Primento, der digitale Partner der Herausgeber.